WEIHNACHTEN 1992

VON

GITTA U. ER .

W0239009

Herman Melville

MOBY DICK

TOSA

In der Zeit der grossen Walfänger

Einst waren die Wale sehr zahlreich. Man jagte sie, weil ihr Fett und das Fischbein für die Menschen nützlich waren.

Heute sind die Wale vom Aussterben bedroht.

Es ist deshalb richtig, den Walfang zu beschränken, um zu vermeiden, daß diese wunderbaren Tiere ausgerottet werden . . .

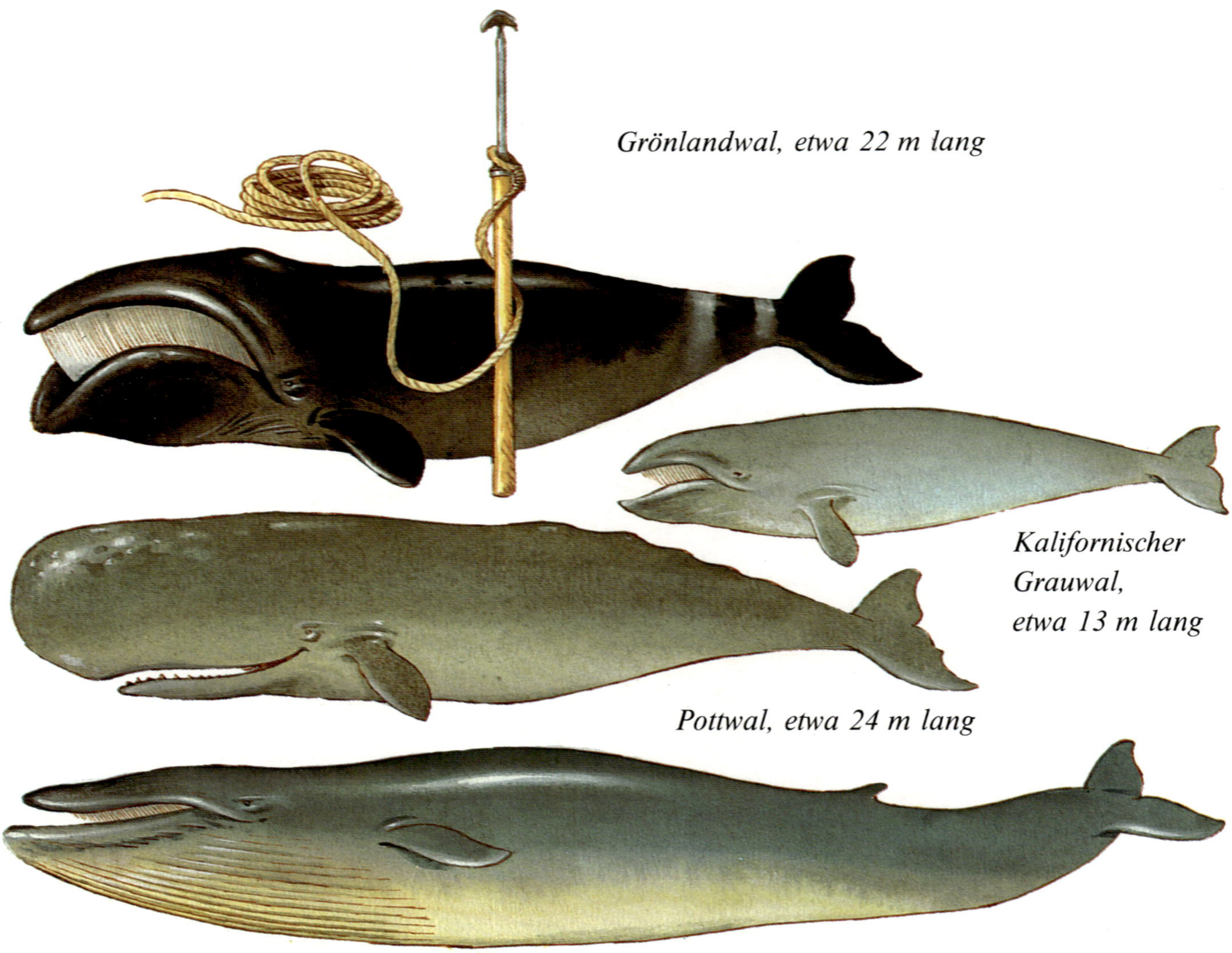

Grönlandwal, etwa 22 m lang

Kalifornischer Grauwal, etwa 13 m lang

Pottwal, etwa 24 m lang

Blauwal, etwa 26 m lang

Amerikanischer Walfänger (um 1870)

Ein Wal ist gesichtet worden. Sofort läßt man ein Fangboot zu Wasser.

Der Autor: Herman Melville

Herman Melville wurde 1819 in New York geboren. Seine Familie war wohlhabend. Doch als Herman elf Jahre alt war, machte sein Vater, der mit Textilien handelte, Bankrott. Zwei Jahre später starb er und ließ seine Frau und die acht Kinder mittellos zurück.

Melville mußte verschiedenste Arbeiten annehmen, um seinen Lebensunterhalt zu verdienen. Im Jahre 1839 heuerte er als Matrose auf einem Schiff an, das nach Europa segelte.

Nachdem er enttäuscht von dieser Reise zurückgekehrt war, wurde er Volksschullehrer. 1841 schiffte er sich von neuem ein, diesmal auf dem Walfänger »Acushnet« mit Kurs auf die Südsee.

Eineinhalb Jahre später desertierte er gemeinsam mit einem anderen Matrosen auf den Marquesas-Inseln und lebte eine Zeitlang in einem wilden, von Kannibalen bewohnten Tal.

Nach wechselvollen, abenteuerlichen Erlebnissen gelangte er schließlich nach Honolulu, wo er als Seemann auf der Fregatte »United States« anheuerte.

1844 kehrte er nach Amerika zurück und beschloß, Schriftsteller zu werden.

Seine ersten Romane, »Typee« und »Oomo«, waren sogleich erfolgreich.

»Moby Dick« wurde im Jahre 1851 veröffentlicht, aber nicht günstig beurteilt. Der Roman geriet in Vergessenheit und wurde erst in unserem Jahrhundert wiederentdeckt und als Klassiker der amerikanischen Literatur gefeiert. Nach »Moby Dick« schrieb Melville weitere Bücher, die aber ebenfalls keinen Anklang beim Publikum fanden.

Mit 47 Jahren erhielt er eine Stelle als Zollinspektor in New York. Diesen Beruf übte er 20 Jahre lang aus.

Im Alter begann Melville wieder zu schreiben. Sein letzter Roman war »Billy Budd«.

Fast vollkommen vergessen, starb Herman Melville im Jahre 1891.

Das Gasthaus »Zum Walfisch«

Vor ein paar Jahren beschloß ich, auf einem Walfangschiff anzuheuern. Ich war schon vorher zur See gefahren. Die Arbeit ist hart, aber sie gefällt mir, und die Bezahlung ist anständig.

Aber warum ich, Ismael, damals ausgerechnet Wale fangen wollte, weiß ich nicht. Vielleicht war es der Wunsch, diese riesigen Tiere zu sehen, vielleicht trieb mich die Abenteuerlust, über ferne, gefahrvolle Meere zu segeln.

Jedenfalls befand ich mich schließlich an einem Dezemberabend in New Bedford und lief auf der Suche nach einem billigen Nachtlager durch die eiskalten Straßen.

Ich war unterwegs nach Nantucket, dem Hafen der Walfänger, wo die Schiffe ausliefen, die zum Pazifik oder in die Eismeere der Arktis segelten. In New Bedford wollte ich nur die Nacht verbringen und auf das Postschiff nach Nantucket warten.

Es dämmerte schon. Nachdem ich lange kreuz und quer durch die Stadt gelaufen war, sah ich ein Schild: »Gasthaus zum Walfisch – Peter Coffin«.

Quiqueg

Ich fragte den Mann hinter der Theke, ob er ein Zimmer für mich habe. »Nein, es ist nichts mehr frei«, antwortete er, »es sei denn, Sie wollen das Bett mit einem Harpunier teilen.«

Ich hatte keine Lust, weiter in der Kälte herumzulaufen, und erklärte mich einverstanden.

Das Zimmer, in das der Wirt mich führte, enthielt nur ein Bett und einen Tisch. Ich zog mich aus und kroch gleich unter die Decke. Fast war ich eingeschlafen, da hörte ich Schritte.

»Das muß der Harpunier sein«, dachte ich. Tatsächlich ging die Tür auf, und ein Mann trat ein, der mir im gelblichen Licht der Lampe, die er in der Hand hielt, wie ein Riese erschien.

Er kniete sich auf den Boden und kramte in einem Seesack, aus dem er einen Tomahawk und einen Beutel aus Robbenfell zog. Dann drehte er sich um, und ich konnte sein dunkles Gesicht sehen. Sein Kopf war bis auf ein Büschel zusammengedrehter Haare rasiert. Und als der Harpunier das Hemd auszog, hatte ich keinen Zweifel mehr: Er kam aus der Südsee! Gesicht und Körper waren mit Tätowierungen bedeckt. Ein Schauder überlief mich.

Der Harpunier nahm ein kleines schwarzes Idol aus dem Beutel, setzte es in die Mitte des Kamins und legte eine Handvoll Sägespäne vor ihm nieder, die er anzündete.

Nun murmelte er ein Gebet und röstete ein Stück Zwieback über dem Feuer, um es dem Idol darzubieten. Dann nahm er den Tomahawk und . . . zündete ihn an.

Sein Griff war nämlich hohl, und so konnte das indianische Kampfbeilchen nicht nur dazu dienen, Köpfe zu spalten, sondern auch zum Rauchen. Während der Geruch des Tabaks das Zimmer erfüllte, löschte der Harpunier das Licht und legte sich ins Bett. Ich stieß einen Schrei aus.

Wie von der Tarantel gestochen fuhr er hoch und packte mich. »Ich schlag dich tot!« rief er, und schwang die Tomahawk-Pfeife.

»Hilfe!« schrie ich. Die Tür ging auf, und Coffin erschien. »Was zum Teufel ist hier los?« fragte er. Dann sagte er zu dem Mann aus der Südsee: »Quiqueg, das ist ein Gast. Er schläft hier. Verstanden?«

»Ich hab's verstanden«, brummte Quiqueg. Damit streckte er sich im Bett aus und zog sich die Decke bis zum Hals. Bald schlief ich ein.

Meine Freundschaft mit Quiqueg

So wurden Quiqueg und ich Freunde: Auch er wollte in Nantucket anmustern. Wie er mir erzählte, war er auf Rokovoko, einer abgelegenen Insel im Südwesten, geboren. Sein Vater war ein Häuptling, und er hätte auf Rokovoko ein schönes Leben führen können . . .

Doch Quiquegs einziger Wunsch war es gewesen, die Länder zu sehen, aus denen die Walfänger kamen, die hin und wieder in der Bucht der Insel vor Anker gingen.

So fuhr er eines Tages mit seinem Kanu hinter einem Schiff her, holte es ein, kletterte an Bord und ... wurde Harpunier. Bald enttäuschte ihn das Leben der Seeleute und die Welt der Weißen.

»Möchtest du denn nicht nach Rokovoko zurückkehren?«, fragte ich.

»Nein, jetzt noch nicht. Ich bin des Throns meines Vaters noch nicht würdig. Später, wenn ich reif genug bin, kehre ich zurück. Bis dahin bleibe ich Harpunier.«

Wir nahmen das Postschiff und trafen in der Abenddämmerung in Nantucket ein. Dort gingen wir gleich in das Gasthaus, das uns Peter Coffin genannt hatte.

»Also suchen wir uns morgen ein Schiff, Quiqueg?« fragte ich, bevor wir zu Bett gingen.

Mein neuer Freund murmelte etwas, dann antwortete er mit Entschiedenheit: »Nein, du mußt allein gehen. Mein Idol hat es gesagt. Es hat immer recht.«

Dann erklärte er mir, daß er mit seinem kleinen Götzen, der Yojo hieß, über die Frage gesprochen habe. Yojo habe verlangt, ich solle das Schiff aussuchen, auf dem wir anmustern würden. Ich blies die Kerze aus.

»Gut, Quiqueg, so machen wir es. Gute Nacht.«

Ein Schiff für Quiqueg und mich

Am nächsten Tag ging ich an den Hafen und erfuhr von den Seeleuten,

daß drei Walfänger vor Anker lagen, die sich auf eine dreijährige Fahrt vorbereiteten: die »Devil-Dam«, die »Tib-bit« und die »Pequod«.

Als ich die »Pequod« betrat, wußte ich sofort, daß sie genau das richtige Schiff für uns war: nicht sehr groß, aber robust und wendig. Zahllose Jagdtrophäen schmückten sie. An der Reling waren Walzähne und -kiefer zu sehen, und auch die Ruderpinne war aus einem prächtigen Walfischunterkiefer geschnitzt. Ich suchte nach dem Kapitän.

Unter dem Großmast befand sich ein aus Barten, den großen Platten aus Walbein, die den Bartenwalen zum Seihen des Wassers dienen, gebauter Unterstand.

Peleg und Bildad

Darin saß auf einem altmodischen Stuhl ein alter Mann in blauem Mantel. Sein Gesicht war mit Falten überzogen, die wie ein Spinnennetz aussahen.

»Sind Sie der Kapitän, Sir?« fragte ich befangen.

Er warf mir einen schlauen Blick zu und grinste.

»Und wenn ich das wäre, was würdest du mir dann sagen?«

»Ich möchte anmustern.«

»Anmustern? Hmm! Bist du schon einmal in einem lecken Boot gesessen?«

»Nein«, gab ich zu.

»Aha! Und ich wette, daß du vom Walfang gar nichts verstehst!«

»Nein. Aber ich bin nicht dumm und kann es lernen. Ich bin auch schon zur See gefahren, auf einem Handelsschiff . . .«

»Handelsschiff? Hör mir bloß damit auf! Sag mir lieber: Bist du ein

anständiger Kerl? Oder gehörst du zu denen, die meutern, raufen und Vorgesetzte ermorden? Warst du vielleicht ein Seeräuber? Warum zum Teufel willst du eigentlich jetzt auf einmal Wale fangen?«

»Ich möchte die Welt sehen, Herr Kapitän.«

»Die Welt sehen, na sowas! Hast du denn schon einen Blick auf Kapitän Ahab geworfen?«

»Nein, Sir, wer ist das?«

»Der Kapitän von diesem Schiff.«

»Ach, ich dachte, Sie sind hier Kapitän.«

»Ich bin Kapitän Peleg. Kapitän Bildad und ich haben die Aufgabe, alles für die Fahrt vorzubereiten und die Mannschaft anzuheuern. Wir haben Anteile an diesem Schiff und sind auch die Makler. Na, junger Mann, wenn du erst Ahab gesehen hast, dann weißt du, wie es beim Walfang zugeht! Unser Kapitän hat nämlich nur noch ein Bein.«

»Wollen Sie damit sagen, Sir, daß er das andere beim Walfang verloren hat?« fragte ich vorsichtig.

»Verloren? Das schrecklichste Ungeheuer, das je die Meere unsicher gemacht hat, hat es ihm weggerissen, zerstückelt, verschlungen, gefressen!«

Er ereiferte sich so sehr, daß mir keine Antwort einfiel und ich nur ein paar Dummheiten stottern konnte.

Er zuckte mit den Achseln und fragte mich weiter aus.

»Na, wir wollen mal sehen. Hast du den Mut, eine Harpune auf einen Wal zu schleudern? Und wenn du ihn triffst, traust du dich dann, ihm auf den Buckel zu klettern? Los, antworte mir!«

»Ja, Sir, wenn es notwendig wäre, würde ich es gewiß tun.«

»Na schön, du kannst unterschreiben. Komm mit in die Kajüte.«

Peleg führte mich unter Deck. Dort saß ein anderer alter Mann mit einem Zwicker auf der Nase und einem großen schwarzen Hut. Das mußte Kapitän Bildad sein. Peleg holte die Musterrolle aus der Tischschublade.

»Wie heißt du, junger Mann?« fragte er.

»Ismael, Herr Kapitän«, antwortete ich.

»Was meinst du, Bildad, wieviel geben wir dem jungen Mann?« wandte sich Peleg an den anderen.

»Ich würde sagen, den siebenhundertsiebenundsiebzigsten Teil vom Gewinn«, schlug Bildad vor.

»Den siebenhundertsiebenundsiebzigsten?!« rief Peleg empört. »Der junge Mann muß mehr bekommen. Ich trage ihn für den dreihundertsten Teil ein.«

»Bist du verrückt geworden?« schrie Bildad.

»Nein, du bist ein Geizhals!«

So stritten sie noch eine Weile, während ich erstaunt daneben stand. Endlich einigten sie sich darauf, mir den dreihundertsten Teil zu geben, und ich unterschrieb die Papiere.

Dann dankte ich Peleg und Bildad und fügte hinzu: »Ich habe einen Freund, der Harpunier ist und auch gern mitfahren möchte.«

»Soso . . . und wieviel will der?« fragte Bildad mißtrauisch.

»Das wird er uns schon sagen. Bring deinen Freund nur mit, Ismael!« sagte Peleg.

Ich hatte es geschafft. Die »Pequod« hatte mich angeheuert, und ich würde den dreihundertsten Teil des Gewinns bekommen.

Quiqueg mustert an

Voller Freude ging ich zu Quiqueg und sagte ihm, er solle sich fertigmachen. Alles schien nach Wunsch zu verlaufen. Mein Freund nahm die Harpune und kam mit mir. Doch als wir an Bord der »Pequod« gingen, rief Peleg erstaunt: »Was seh' ich da? Ein Kannibale! Zum Donnerwetter, das hätte ich mir nicht denken können! Wärst du darauf gekommen, Bildad?«

»Nein«, antwortete Bildad, der ebenfalls recht bestürzt dreinblickte.

»Kein Kannibale kommt mir auf die ›Pequod‹!« tönte Peleg. »Er muß beweisen, daß er sich zum Christentum bekehrt hat!«

»Aber ja, Sir«, versuchte ich ihn zu überzeugen, während Quiqueg zuhörte, »mein Freund ist ein guter Christ.«

»Du lügst! Und ich wette, daß er nicht mit der Harpune umgehen kann. Womöglich weiß er nicht einmal, was ein Wal ist!«

Zur Antwort sprang Quiqueg mit einem kühnen Satz über die Reling. »Sehen Sie den Ölfleck da auf dem Wasser? Gut, das ist das Walauge, und ich treffe es mit der Harpune!«

Er schleuderte das Eisen über das ganze Schiff, und der Ölfleck, der einige Dutzend Meter entfernt zu sehen war, verschwand.

Quiqueg holte die Leine ein und sagte: »Wenn das das Walauge war, dann ist der Wal jetzt tot!«

»Donnerwetter!« rief Peleg. »Du mußt als Harpunier auf die ›Pequod‹! Bildad, bring schnell die Musterrolle! Wir werden ihm den neunzigsten Teil vom Gewinn geben. So viel hat noch nie ein Harpunier bekommen, der nicht aus Nantucket war!«

Der Prophet

Zufrieden machten wir uns auf den Heimweg zum Gasthaus. Wie wir so auf der Mole entlanggingen, begegnete uns ein sonderbarer Kerl, in Lumpen gekleidet und mit irren Augen.

»He, Seeleute! Habt ihr vielleicht auf dem Schiff da angemustert?« fragte er mit heiserer Stimme.

»Meinen Sie die ›Pequod‹?«

»Ja . . . habt ihr auch für eure Seelen unterschrieben?«

»Unsere was?«

»Eure Seelen! Oder habt ihr keine? Wer bei Kapitän Ahab anmustert, fährt zur Hölle!«

»Quiqueg«, sagte ich, »der ist verrückt. Wir gehen besser.«

»Verrückt! Ach, Seeleute, wer von uns ist wohl verrückter? Ich, weil ich von der ›Pequod‹ nichts wissen will, oder ihr, weil ihr euch einschifft? Naja, nichts für ungut, Jungens, ich wollte euch nur warnen, und Gott erbarme sich eurer Seelen!«

Er wandte sich ab, und ich rief ihm nach: »He, du Unglücksrabe, sag mir wenigstens, wie du heißt!«

»Ich heiße Elias.«

Wie alle Seeleute bin ich abergläubisch. Und als mir einfiel, daß Elias der Name eines Propheten aus der Bibel ist, lief es mir eiskalt über den Rücken.

Aufbruch im Nebel

Kurze Zeit später hörte man in allen Kneipen und Gasthäusern von Nantucket, die Mannschaft der »Pequod« solle am nächsten Tag an Bord gehen.

Das Schiff konnte jeden Augenblick die Anker lichten.

Quiqueg und ich gingen im Morgengrauen zum Hafen.

Im Nebel leuchteten schwach die Schiffslaternen der »Pequod«. Ich war sehr aufgeregt. Mir schien,

als sähe ich vier oder fünf Schatten an Bord klettern. Da rief eine Stimme hinter uns:

»Halt!« Jemand packte mich am Arm. Elias' magere Gestalt war plötzlich im Dunst aufgetaucht.

»Wohin geht ihr, Seeleute? Auf die ›Pequod‹?«

»Ja«, sagte ich, »wir wollen in den Pazifik und in den Indischen Ozean. Komm, Quiqueg, wir müssen uns beeilen!«

Aber Elias ließ nicht von uns ab.

»Also geht ihr an Bord? Habt ihr es euch auch gut überlegt?«

»Ja, ich hab' es doch schon gesagt! Was geht's dich an? Schnell, Quiqueg, gleich sticht das Schiff in See!«

Eilig gingen wir weiter, doch Elias kam hinter uns her.

»Habt ihr die gesehen, die vorhin an Bord gegangen sind? Habt ihr sie gesehen?« drängte er. »Na, dann sucht sie mal, wenn ihr auf dem Schiff seid! Vielleicht findet ihr sie ja!« sagte er grinsend.

»Gehen wir, Quiqueg! Der spinnt!« sagte ich.

»Auf Wiedersehen! Vielleicht am Jüngsten Tag . . . ich wollte euch nur warnen. Die ›Pequod‹ ist verflucht!«

Damit wandte er sich ab und war bald im Nebel verschwunden.

An Bord der »Pequod«

Auf dem Schiff war außer einem alten Seemann, der in einer Ecke schlief, niemand zu sehen.

Die tiefe Stille, die an Bord herrschte, kam uns merkwürdig vor.

»Donnerwetter! Wo sind nur die Männer geblieben, die wir vorhin gesehen haben?«

Hatten wir uns getäuscht? Der Nebel kann einem zuweilen seltsame Streiche spielen. Aber nein, Elias hatte sie ja auch gesehen. »Na«, sagte ich, »wir zerbrechen uns besser nicht den Kopf darüber.« Wir setzten uns hin und warteten, daß es Tag würde.

Allmählich trudelten die Seeleute ein.

Der erste Steuermann der »Pequod« war Starbuck, ein harter und strenger, aber sehr korrekter Mann aus Nantucket.

Er war um die dreißig, groß und hager, ganz Muskeln, Sehnen und Mut. Trotz seiner Jugend hatte er schon alle Weltmeere bereist und besaß große Erfahrung in Walfang und Navigation.

Der zweite Steuermann war Stubb aus Cape Cod, ein leichtherziger Mensch, der, stets die Pfeife im Mund, jeder Gefahr mit Gelassenheit begegnete.

Der dritte Steuermann hieß Flask und war ein kleiner, untersetzter junger Mann. Er schien dazu geboren, Wale zu töten.

Für ihn waren sie nicht die wunderbaren Geschöpfe, als die ich sie ansehe, sondern einfach irgendwelche Tiere.

Die Harpuniere waren, außer Quiqueg, Tashtego, ein großer, schlanker Indianer mit schwarzen Augen und Haaren, und Daggoo, ein riesiger Afrikaner mit kohlschwarzer Haut. Er trug zwei große Goldreifen in den Ohren.

Von Kapitän Ahab hatte ich mir schon eine genaue Vorstellung gebildet, obwohl ich ihn noch nie zu Gesicht bekommen hatte. In den Hafenkneipen hatte man viel von ihm erzählt.

Die Seeleute sprachen mit Respekt, aber auch mit Furcht von ihm.

Er galt als tüchtiger Kapitän, überaus erfahren in der Seefahrt, aber auch als erbarmungsloser Mann . . .

Abschied von Peleg und Bildad

Die Anker waren gelichtet, die Segel gesetzt, und die »Pequod« verließ den Hafen.

Das Abenteuer begann, von dem ich so lange geträumt hatte!

Bald waren wir einige Meilen vor der Küste. Peleg und Bildad, die wir nun nicht mehr brauchten, verabschiedeten sich voll Rührung von uns und stiegen in ein Boot. Während sie auf die Küste zusteuerten, winkten sie uns mit dem Hut und sahen bewegt der »Pequod« nach, die sich im goldenen Licht des Sonnenaufgangs entfernte.

Vor uns öffnete sich blau die unermeßliche Weite des Meeres.

Kapitän Ahab

Noch viele Tage nach der Abfahrt von Nantucket ließ sich unser Kapitän nicht blicken. Nur seine Stimme hörte man ab und zu einen Befehl aus der Kajüte rufen. Doch eines Morgens stieg ich auf Deck, blickte zum Steuerruder und . . . sah ihn.

Groß und kräftig, schien er wie aus Bronze gegossen; aus seinen grauen Haaren kam eine Narbe hervor, die sich über das ganze Gesicht bis zum Hals zog und in den Kleidern verschwand. Auch sein Bein konnte ich genau erkennen. Wie man mir in Nantucket erzählt hatte, war es aus dem Kiefer eines Pottwals für ihn gedrechselt worden.

Eine großartige Stärke und Willenskraft gingen von dieser Gestalt aus, die regungslos dastand. An diesem Morgen sprach Ahab kein Wort, und solange er oben blieb, wagte keiner von uns, den Mund aufzumachen. Bald zog er sich zurück, aber von da an zeigte er sich jeden Tag und ging, nachdenklich zum Horizont schauend, lange auf und ab. Allmählich gewöhnten wir uns an ihn. Die »Pequod« segelte unterdessen auf die warmen Gewässer am Äquator zu.

Eines Tages erhielten wir den Befehl, uns auf dem Achterdeck zu versammeln.

Das Goldstück

Kapitän Ahab wollte mit uns sprechen. Regungslos, die Augen starr aufs Meer geheftet, erwartete er uns. Dann begann er, auf und ab zu gehen wie immer, als wäre er allein. Doch plötzlich blieb er stehen und rief:

»Was tut ihr, wenn ihr einen Wal seht, Leute?«

Im Chor antworteten wir erleichtert: »Wir rufen ihn aus!«

»Gut! Und dann?«

»Wir lassen die Fangboote zu Wasser und verfolgen ihn!«

Ahab sah uns zufrieden an und schwieg. Er lauschte unseren Schreien, als wären sie eine Art seltsamer Musik.

Als wir wieder still waren, sagte er: »Schaut her!« und hielt eine Gold-

münze hoch. »Es ist ein 16-Dollar-Stück ... Starbuck, gib mir den Hammer.«

Der Steuermann brachte den Hammer, Ahab nahm ihn und ging zum Großmast.

»Schaut! Wer von euch einen weißen Wal sieht, die Stirn voller Falten, mit schiefem Unterkiefer und drei Löchern in der Schwanzflosse ... wer den sieht, dem gehört das Goldstück!«

»Hurra! Hurra!« schrien wir, und Ahab nagelte das Goldstück an den Großmast.

»Herr Kapitän«, sagte da Tashtego, »dieser weiße Wal ... heißt er nicht Moby Dick?«

Ahab fuhr herum.

»Moby Dick? Kennst du ihn, Tashtego?«

»Ich kenne ihn auch«, sagte Daggoo. »Ist sein Luftstrahl nicht sehr hoch und schnell? Und stecken nicht lauter krumme Eisen in seiner Haut?«

»Ja, ja, so ist es, Leute ...« antwortete der Kapitän mit vor Erregung heiserer Stimme.

»Er ist es! Moby Dick!«

Da fragte Starbuck: »War es nicht Moby Dick, Sir, der Ihnen das Bein weggerissen hat?«

Der Schwur der Walfänger

»Ja! Er war es!« schrie Kapitän Ahab. »Der weiße Wal hat mich zum Krüppel gemacht, aber ich werde mich rächen! Auf allen sieben Weltmeeren werde ich ihn jagen, von Norden bis Süden, von Osten bis Westen, überall! Dafür seid ihr hier an Bord, Leute! Den weißen Wal müßt ihr jagen, um die ganze Erde herum!«

»Ja, ja!« schrien wir begeistert.

»Starbuck, was machen Sie für ein Gesicht? Haben Sie Angst vor Moby Dick?«

»Nein, Herr Kapitän, ich habe keine Angst«, antwortete Starbuck besorgt. »Wenn's sein muß, jage ich auch den weißen Wal. Aber ich bin nicht auf diesem Schiff, um Ihnen bei Ihrer Rache zu helfen, Sir. Ich will Wale fangen! Was glauben Sie denn, wieviel Fässer Öl Moby Dick einbringt?«

Ahab wurde blaß. Seine Augen funkelten.

»Fässer Öl?« murmelte er. »Die will ich nicht. Ich suche die Befriedigung, die nur die Rache mir geben kann! Diesen weißen Wal zu töten ist das Ziel meines Lebens!«

»Aber Herr Kapitän! Sie sprechen ja von Moby Dick, als ob er ein Mensch wäre!«

Darauf schwieg Ahab lange. Dann sah er Starbuck fest an.

»Steuermann, Sie können mich nicht verstehen«, murmelte er. »Für mich ist Moby Dick kein Mensch und kein Tier. Er ist wie eine Gewalt, die mich niederdrückt. Wie eine Mauer, die mich einsperrt. Und ich muß sie niederreißen!«

Seine Stimme war fast nur noch ein Flüstern. Doch gleich darauf tönte sie wieder laut und klar:

»Bringt einen Krug Rum! Alle sollen davon trinken!«

Gleich machte der Zinnkrug die Runde.

»Trinkt, Männer, einer nach dem anderen. Steuerleute, kommt her und kreuzt die Lanzen! So haben es schon unsere Väter gemacht.« Er streckte die Hand aus, faßte die Lanzen an der Stelle, wo sie sich berührten, und drückte sie fest. Dabei sah er die drei Steuerleute so durchdringend an, daß sie wie eingeschüchtert die Augen niederschlugen.

»Gut!« sagte Ahab. »Moby Dick muß sterben! Und der Himmel möge uns strafen, wenn wir Moby Dick nicht zu Tode hetzen! Schwört es!«

»Moby Dick muß sterben!«, schrien alle begeistert.

DIE LEGENDE VON MOBY DICK

In den folgenden Tagen erzählten mir die Seeleute die Geschichte von dem tückischen weißen Wal, den zu töten wir geschworen hatten.

Nur wenige hatten ihn gesehen, und noch weniger waren die, die ihn gejagt hatten.

So war die Legende entstanden, er bringe allen Unglück: Unglück und Tod.

Alle, die gewagt hatten, ihn zu verfolgen und anzugreifen, waren seinem wilden Zorn ausgesetzt gewesen.

Er ließ nur zerschlagene Boote, lecke Schiffe, verletzte Seeleute zurück.

Niemand wußte, wo er sich aufhielt. Manche hielten ihn für unsterblich. Mehr als ein Seemann war von dem Gedanken besessen, ihn zu töten.

Doch alle Mühen waren vergeblich gewesen.

Der furchtbare weiße Wal schien unbezwingbar.

Ahabs Wahn

Die Legende berichtete auch, ein verwegener Kapitän habe sich, nur mit einem Messer bewaffnet, auf einen Zweikampf mit dem weißen Wal eingelassen.

Die See war stürmisch, und alle Fangboote waren gekentert. Doch der mutige Kapitän hatte sich, ohne zu zögern, auf den Wal geworfen, um ihn ins Herz zu treffen.

Dieser Kapitän war Ahab, und die Legende sagte die Wahrheit.

Mutig hatte er das Duell mit dem Wal gewagt . . . und der weiße Wal hatte ihm mit einem Biß seines schrecklichen Kiefers das Bein abgerissen. Er hatte ihn mit aufgerissenem Maul von unten angegriffen.

Halbtot hatte man Ahab wieder aufgefischt. Sein Schiff war dann traurig nach Nantucket zurückgesegelt, den heftigen Winden trotzend, die um Kap Hoorn toben.

Viele Monate lang lag Kapitän Ahab in seiner Hängematte und dachte an das niederträchtige Tier, das ihn verstümmelt hatte.

Er phantasierte und wäre beinahe wahnsinnig geworden. Das Unglück, das ihn getroffen hatte, wollte ihn um den Verstand bringen. Doch die Widerstandskraft seines Körpers hatte ihn gerettet, und er war genesen.

Seitdem war er besessen von dem Gedanken der Rache. Er wollte Moby Dick aufspüren und töten.

Der weiße Wal war für ihn zum Symbol seines Unglücks geworden.

Von diesem Wahn getrieben, setzte Ahab Jahr um Jahr die erbarmungslose Jagd fort. Er war bereit, auf alles zu verzichten, was das Leben ihm noch bieten konnte.

Und diese Besessenheit hatte

das Gerücht entstehen lassen, die »Pequod« sei verflucht.

Die »Pequod« und ihr Kapitän, so munkelten die Seeleute, waren beide verflucht.

Wale!

Es war an einem schwülen, grauen Nachmittag. Faul saßen die Matrosen auf Deck. Auch Quiqueg und ich ruhten uns aus, da hörten wir plötzlich die Stimme Tashtegos, der im Ausguck saß: »Da! Da blasen sie! Wale!«

Im Nu waren alle auf dem Schiff in heller Aufregung. »Wo sind sie? Wo?«

»Leewärts, zwei Meilen entfernt!«

Wir stürzten alle an die Reling und sahen eine hohe Fontäne aus dem Meer aufsteigen. Es war der Strahl eines Walfisches, und dahinter waren andere zu erkennen ...

Ahab kam aus seiner Kajüte. »Schnell, macht alles fertig!«

Schon hingen die Fangboote über dem Wasser; alle Seeleute waren an ihren Platz gelaufen. Ungeduldig warteten wir darauf, die Jagd zu beginnen. Da rief jemand erstaunt: »Wer sind denn die da?« Alle drehten sich um.

Die seltsame Crew

Hinter Ahab waren fünf merkwürdige Gestalten aus der Kajüte gestiegen, die uns wie Gespenster erschienen: Es waren drei Malaien, ein Chinese und ein Araber.

Diese fünf Männer, die niemand hatte an Bord gehen sehen, folgten Ahab und stiegen mit ihm in sein Boot. »Alles klar?«

»Alles klar!« – »Laßt die Boote zu Wasser!«

Es dauerte eine Weile, bis die Mannschaft den Befehl ausführte, so gebannt schauten alle auf die seltsame Crew. Endlich wurden die Fangboote ins Wasser gefiert.

»Los, auf den Wal, schnell«, schrie Ahab.

Die Boote glitten über das Wasser, und die drei Steuerleute feuerten ihre Ruderer an.

Ahab war mit den fünf Gesellen allen voraus. Diese Orientalen waren großartige Ruderer. Sie schienen aus Eisen und Walbein gemacht.

Der Araber, dessen Name Fedallah war, ruderte am Platz des Harpuniers. Er hatte die schwarze Jacke abgelegt und zeigte seine mächtige braune Brust. Ahab bediente den Steuerriemen.

Die Wale spürten die Gefahr und tauchten plötzlich ab. Auf dem Meer war nur noch weißer Schaum zu sehen.

Die vier Boote entfernten sich voneinander. Das Warten würde vielleicht ein paar Minuten dauern, vielleicht eine Stunde oder länger.

Quiqueg, Tashtego und Daggoo blickten gespannt auf die Wellen, die Harpunen griffbereit neben sich.

Flask und Starbuck wirkten nervös und unruhig, Stubb dagegen war

gelassen wie immer. Gerade wollte er sich die Pfeife anzünden, da rief Tashtego:

»Da! Sie tauchen wieder auf!«

Plötzlich war in geringer Entfernung die Luft wieder von Dampfsäulen erfüllt ... Knapp unter der Wasseroberfläche schwammen die Wale dahin.

»Leute, rudert, was ihr könnt!«

Wir eilten den Walen nach, man hörte das Schlagen und Quietschen der Ruder, die anfeuernden Rufe der Steuerleute ...

Ich sah, wie die drei anderen Boote zwischen den Wogen verschwanden und wieder auftauchten. Es war ein großartiges Schauspiel.

Die bewegte See, der Himmel, an dem schnell Wolken aufzogen, die schäumende Gischt, die Fontänen der Wale ...

»Das ist es, was du gesucht hast, Ismael«, dachte ich bei mir.

Starbuck ordnete an, das Segel zu setzen, und im günstigen Wind sau-

sten wir in unseren Booten hinter den flüchtenden Walen her.

Bald waren wir von dichtem Nebel umgeben, der die anderen Boote und die »Pequod« verhüllte.

Das Meer ringsum war bläulichgrün.

»Vorwärts, Leute! Bevor der Sturm aufkommt, müssen wir wenigstens einen kriegen! Rudert!« rief Starbuck.

Da hörten wir, vom Nebel gedämpft, Siegesschreie. Die Harpunen hatten getroffen!

Sehen konnten wir nichts, aber plötzlich rauschte es, als wälzten sich fünfzig Elefanten im Wasser.

»Da, der Buckel! Triff ihn, Quiqueg!«

Quiqueg holte weit aus und schleuderte die Harpune. Die furchtbare Waffe schwirrte durch die Luft. Doch in diesem Augenblick erfaßte uns eine heftige Bö, und rings um das Boot schäumte die Gischt hoch auf.

Der Wal, den das Eisen nur gestreift hatte, floh. Im Nu war das Boot voll Wasser.

Wir waren alle ins Meer gefallen; nun sammelten wir die Ruder auf und kletterten wieder ins Boot. Das Wasser reichte uns bis zu den Knien.

Um uns tobte der Sturm. Die Wolken zogen immer tiefer und umhüllten uns wie ein schwarzer Mantel.

Es war nichts zu machen. Kein Gedanke daran, das Boot leerzuschöpfen, der Seegang war zu stark. Unbeweglich saßen wir da, den Wogen preisgegeben. Da sagte Starbuck zu uns allen:

»Nur mit der Ruhe, Leute, sie werden uns hier schon rausholen!«

Nach vielen Versuchen gelang es uns endlich, die Laterne anzuzünden. Wir banden sie an ein Ruder, das Quiqueg in die Höhe hielt.

Die Rettung

So ging die Nacht herum, und durchnäßt bis auf die Knochen und zitternd vor Kälte sahen wir die Sonne aufgehen. Niemand wagte zu sprechen.

Die See war jetzt ruhig. Nichts war zu sehen. Wo mochte die »Pequod« sein? Plötzlich sprang Quiqueg auf und hielt lauschend die Hand ans Ohr.

Gleich darauf hörten wir alle das Knarren von Tauwerk und Rahen, näher und näher . . . dann tauchten im Nebeldunst die Umrisse des Schiffs auf, das auf uns zukam.

Entsetzt sprangen wir ins Wasser, und der Bug der »Pequod« fuhr genau auf unser Boot. Es kenterte und tauchte mit dem Kiel nach oben wieder auf.

Schreiend schwammen wir auf das Schiff zu. Wenige Minuten später wurden wir aufgefischt und an Bord geholt. Mich hievten sie als letzten an Deck.

»Quiqueg«, fragte ich, »kommt so etwas öfters vor?«

Quiqueg, der klatschnaß war wie ich, schien gar nicht verstört und meinte, dergleichen könne man beim Walfang allerdings recht häufig erleben.

Die »Albatros«

Südöstlich vom Kap der Guten Hoffnung sichteten wir die »Albatros«, einen Walfänger, der schon drei Jahre lang unterwegs war.

Im Ausguck standen drei Matrosen mit langen Bärten und zerlumpten, geflickten Kleidern.

Ganz nahe zog die »Albatros« an uns vorbei. Wir hätten auf Deck springen können . . . aber keiner von den Seeleuten, die drei Jahre Jagd und Plackerei auf See hinter sich hatten, sagte ein Wort zu uns. Stumm blickten sie uns an.

»He, ›Albatros‹!« rief Ahab. »Habt ihr den weißen Wal gesehen?«

Wir sahen, wie der Kapitän das Sprachrohr in die Hand nahm, um zu antworten. Da entglitt es ihm und fiel ins Meer.

In diesem Augenblick erhob sich eine starke Bö, die die beiden Schiffe auseinandertrieb und die Worte übertönte, die der Kapitän rief.

»Habt ihr das gesehen?« murmelte einer. »Kaum erwähnt man den weißen Wal, fällt dem schon das Sprachrohr aus der Hand!«

Ahab stand regungslos und schaute nachdenklich auf die See hinaus.

Der Krake

Die »Pequod« segelte auf Java zu, als Daggoo an einem sonnigen Morgen eine weiße Masse entdeckte, die aus dem Meer auftauchte und wieder versank . . . Als sie wieder hochkam, konnte er nicht mehr an sich halten und schrie: »Da! Der weiße Wal! Der weiße Wal!«

Mit einem Sprung waren alle Seeleute an der Reling. Ahab kam auf Deck und befahl: »Laßt sofort die Boote zu Wasser!«

Wir ruderten auf das Weiße zu. Wieder tauchte es ab. Schweigend warteten wir, bis es wenig entfernt wieder an die Oberfläche kam, und vergaßen sogar Moby Dick.

Die helle, etwa 200 Meter breite Masse trieb langsam dahin. Unzählige Fangarme gingen von ihrer Mitte aus, die sich ringsum wanden und kringelten, bereit, alles zu fassen, was in ihre Nähe kam.

»Was ist das?« fragte Flask.

»Der große Krake«, antwortete Starbuck düster. »Es gibt nicht viele, die ihn sehen und nach Hause zurückkehren.« Ahab sagte nichts.

Ein Wal wird gefangen

Quiqueg war im Gegensatz zu den anderen sehr zufrieden darüber, dem Kraken begegnet zu sein.

»Wenn man einen Kraken sieht«, meinte er, »sieht man bald danach auch einen Wal.«

Tatsächlich sichteten wir am nächsten Tag einen Wal, der nicht weit vom Schiff entfernt seines Weges zog. Ab und zu blies er seine Fontäne in die Luft.

Die Wale haben nämlich zwei Öffnungen wie Nasenlöcher, die mit den Lungen verbunden sind und sich unter Wasser schließen. Wenn das Tier wieder auftaucht, stößt es die Atemluft aus.

Die See war ruhig, und kein Windhauch regte sich. Endlich wurde vom Ausguck ein Wal gemeldet.

Das große Tier, das über 20 Meter lang war und riesige Flossen hatte, versuchte zu fliehen, doch vergebens, denn gleich holte Stubbs Boot es ein.

»Tashtego, steh auf, triff ihn!« schrie der Steuermann.

Der Indianer zielte und schleuderte die Harpune, die sich in den Buckel des Wals bohrte. Mit der Kraft der Verzweiflung versuchte der verletzte Riese, wegzuschwimmen.

Die Leine, die die Harpune sicherte, war am Boot befestigt, und dieses, vom Wal gezogen, schien über das Wasser zu fliegen.

Nach einem langen Rennen wurde das erschöpfte Tier langsamer. Jetzt konnte Stubb es mehrmals treffen.

Zu Tode verwundet, wälzte sich der Wal im Wasser, schlug um sich und peitschte Berge von schäumender Gischt auf.

Bald wurde der Dampf, der aus seinen Atemlöchern aufstieg, rosa und endlich rot: Es war Blut.

Dann blieb er unbeweglich liegen.

Vorsichtig näherten wir uns dem ungeheuren Kadaver.

Die Verarbeitung des erlegten Wals

Der Walfang war unser Beruf, und während die »Pequod« die Meere durchfurchte, jagten wir viele Tiere.

Die getöteten Wale mußten sofort an Bord verarbeitet werden.

Mit einer Winde wurde die Beute an der Seite des Schiffs in die Höhe gehievt.

Wenn ein Pottwal erlegt worden war, schnitt man ihm den Kopf ab und holte ihn auf Deck.

Der Kopf des Pottwals besteht aus zwei Teilen. Der untere bildet den Schädel und Kiefer.

Der obere dagegen ist ohne Knochen und enthält eine kostbare Flüssigkeit, die man Walrat nennt.

Falls der Kopf zu groß und schwer ist, um an Bord gehievt zu werden, hebt man ihn nur etwas über den Wasserspiegel.

Durch eine Öffnung beginnt man dann, den Walrat auszuräumen.

Mit dieser Arbeit waren wir gerade beschäftigt. Der riesige Kopf eines Pottwals hing, an zwei Haken befestigt, unter uns.

Tashtego war ins Tauwerk geklettert und schob mit einer Stange den Eimer in den Hohlraum.

Tashtegos Unfall

Dann zogen wir den mit kostbarem Walrat gefüllten Eimer hoch. Tashtego hatte gerade den achtzigsten oder neunzigsten Eimer geschöpft, da ... rutschte er aus, stürzte und verschwand im Walrat!

Daggoo wollte den Eimer herunterlassen, damit Tashtego sich an ihn klammern könnte. Da riß der Haken aus; der Walkopf sauste ins Wasser und ging unter.

Lebendig begraben, sank der arme Tashtego in die Tiefe, auf den Meeresgrund zu.

Da sprang Quiqueg, das Messer in der Faust, mit einem großen Sprung über Bord, um ihn zu retten.

Wir stürzten an die Reling und spähten ins Wasser, ohne die geringste Spur von den beiden erkennen zu können. Plötzlich rief Daggoo: »Hurra! Da sind sie! Alle beide gerettet!«

Ein paar Meter vom Schiff entfernt sahen wir Quiqueg, der den bewußtlosen Tashtego an seinen langen schwarzen Haaren hinter sich herzog.

Wenige Minuten später waren die Harpuniere wieder an Bord.

Tashtego dankte Quiquegs Tapferkeit sein Leben.

Der Sarg

Ohne Zwischenfälle ging die Reise weiter. Obwohl die Arbeit sehr anstrengend war, faszinierte mich das Leben an Bord jeden Tag aufs neue.

Die See, manchmal ruhig, manchmal stürmisch, bot uns herrliche Sonnenuntergänge. In solchen Momenten war ich glücklich, die Stadt hinter mir gelassen zu haben. Vor der japanischen Küste befiel Quiqueg plötzlich ein hohes Fieber.

Seltsam war es, ihn regungslos in seiner Hängematte liegen zu sehen, immer dünner und mit immer größeren Augen.

Er war überzeugt, sterben zu müssen. So rief er den Zimmermann und bat ihn, ihm ein Kanu zu bauen, in dem er, wenn er gestorben sei, dem Meer anvertraut werden wolle.

So sei es in seiner Heimat üblich, und er glaube, auch in Nantucket solche für die Toten gebauten Kanus gesehen zu haben.

»Quiqueg, diese Kanus heißen Särge«, sagte der Zimmermann feierlich.

Quiqueg nickte. Ein schwimmender Sarg sei für ihn das richtige.

»Bitte bau mir einen. Ich will nicht ins Meer geworfen und von den Haifischen gefressen werden.«

Der abergläubische Zimmermann weigerte sich, einen Sarg zu bauen. Aber Quiqueg bat so inständig, daß er schließlich seinen Willen bekam.

Der Zimmermann nahm Maß und fertigte aus alten Planken einen schönen, soliden Sarg mit schwerem Deckel.

Quiqueg wollte ihn ausprobieren.

Er legte sich hinein und verlangte nach Yojo, Wasser und Zwieback, den er, wie er erklärte, auf der Reise ins Jenseits verzehren werde.

Nachdenklich blieb er eine Weile im Sarg liegen, dann ließ er sich wieder in seine Hängematte betten.

Von da an begann es ihm besser zu gehen, und bald war er genesen. Der Sarg blieb unbenutzt und diente später als Lifeboje.

Die »Pequod« begegnet der »Rahel«

Wir gelangten in die Fanggründe am Äquator, wo wir jeden Augenblick auf den weißen Wal stoßen konnten.

Dort trafen wir ein Schiff, die »Rahel«. Ahab legte die Hände als Sprachrohr um den Mund und rief hinüber:

»Habt ihr den weißen Wal gesehen?«

»Ja!« antwortete eine Stimme.

»Und ihr, habt ihr ein treibendes Boot gesehen?«

»Nein!« erwiderte Ahab. Ein Boot legte von der »Rahel« ab, der Kapitän saß darin. Wenige Minuten später kletterte er an Bord.

»Ach, den kenne ich, es ist Gardiner«, murmelte Ahab, als er ihn sah. Ohne auf seinen Gruß zu antworten, fragte er: »Und der weiße Wal, wo ist er? Sie haben ihn doch nicht getötet?«

Der Kapitän der »Rahel« schüttelte den Kopf. Er erzählte, wie sie den weißen Wal gejagt hatten und ein Harpunier ihn getroffen hatte.

»Der weiße Wal«, fuhr Gardiner fort, »floh und schleppte das Boot hinter sich her. In dem Boot saß mein Sohn. Jetzt, Kapitän Ahab, bin ich zu Ihnen gekommen, um Sie zu bitten, mit mir nach dem Boot zu suchen. Ihre Hilfe wird mir kostbar sein ... «

Während er dies sagte, stiegen Kapitän Gardiner die Tränen in die Augen, aber Ahab zuckte nicht mit der Wimper.

Sein Gesicht schien hart wie eine hölzerne Maske.

Verwirrt fragte der Kapitän der »Rahel«:

»Ahab, was antworten Sie mir? Kann ich mit Ihnen rechnen?«

»Wir müssen ihm helfen«, meinte Starbuck.

»Schluß!« rief Ahab, und seine Stimme klang wie ein Pistolenschuß.

»Gardiner, ich habe keine Zeit. Ich habe schon zuviel Zeit verloren. Auf Wiedersehen! Ich kann nichts für Sie tun.«

»Starbuck«, fügte er hinzu, »in genau drei Minuten müssen die Herren von Bord sein. Dann braßt die Segel, wir haben es eilig.«

Damit wandte Ahab sich ab und ging in seine Kajüte.

Der Kapitän der »Rahel« kletterte mit seinen Männern über die Reling. Verzweifelt stieg er in sein Boot.

»Auf die Plätze!« rief Starbuck. »Braßt die Segel!«

Wir gehorchten, und ich sah der »Rahel« nach. Dieses Schiff erschien mir als der Inbegriff der Verzweiflung.

Wir segelten weiter. Drei oder vier Tage lang durchstreiften wir die Walgründe, ohne irgend etwas vor unsere Harpunen zu bekommen.

Moby Dick konnte nicht weit sein; wir spürten, daß der weiße Wal in der Nähe war. Niemand lachte oder sprach mehr auf dem Schiff.

Alle waren in sich gekehrt, und Ahab stand immer auf Deck und starrte grübelnd auf die See hinaus.

Er vertraute niemandem mehr und ließ sich oft auf den Großmast hieven, um den Horizont zu erforschen.

»Ich«, murmelte er zwischen den Zähnen, »will Moby Dick als erster sehen! Ich bekomme das Goldstück!« Und so war es auch.

Eines Nachts, als Ahab in seiner Unrast aufgestanden war, um an Deck auf und ab zu gehen, blieb er plötzlich stehen, hob den Kopf und atmete tief ein, wie um die Luft zu prüfen.

Er blieb eine Weile regungslos, dann sagte er: »Ein Wal ist in der Nähe! Ich rieche ihn, es gibt keinen Zweifel!«

Wenig später nahmen auch unsere Nasen den fernen Geruch von Pottwalen wahr.

Der weisse Wal wird gesichtet

Die letzten Sterne verblaßten, und das Licht der Morgendämmerung begann sich auszubreiten. Ahab ließ die Segel streichen.

Alle blickten gespannt zum Horizont. Der Kapitän befahl, man solle ihn auf den Großmast hieven. Er war noch nicht lange oben, da stieß er einen Schrei aus:

»Da! Da bläst er! Der schneeweiße Buckel! Es ist Moby Dick!«

»Moby Dick!« schrien die Matrosen im Ausguck gleich darauf; und wir alle liefen an die Reling, um besser sehen zu können. Wenig später begann die Jagd.

Drei Boote wurden zu Wasser gelassen und ruderten auf Moby Dick zu, der langsam und majestätisch durch die ruhige, glatte See glitt.

Als wir in seine Nähe kamen, sahen wir, daß aus dem großen weißen Buckel eine Harpune ragte.

Der weisse Wal greift an

Plötzlich krümmte sich Moby Dick und tauchte ab. Schnell verschwand er zwischen den Wellen, die sein Körper aufwarf.

Doch nach wenigen Minuten konnte man einen weißen Punkt erkennen, der aus den Tiefen des Meeres emporschoß und immer größer wurde . . .

»Zurück!« schrie der Steuermann.

Das Boot schwankte unter den Stößen der Ruder und drehte sich um die eigene Achse.

Der Bug stand jetzt dem Kopf des Wals gegenüber, der in der sprudelnden Gischt an die Oberfläche kam. Moby Dick hatte versucht, das Boot zu packen und es in die Luft zu schleudern.

Jetzt legte er sich auf die Seite, schob den Kopf unter das Boot und riß das ungeheure Maul auf, als wollte er es verschlingen.

Als sein Kiefer sich schloß, stürzte die Mannschaft nach achtern.

Da begann der Wal plötzlich das Boot zu schütteln, wie eine Katze mit der Maus spielt.

Entsetzt schauten wir zu, unfähig, uns zu bewegen. Da geschah etwas schier Unglaubliches: Ahab, von seiner irrsinnigen Wut angestachelt, packte das Maul des Pottwals und versuchte, das Boot zu befreien.

Doch es entglitt ihm; die beiden Kiefer öffneten und schlossen sich. Ahab fiel ins Wasser; das Boot war entzweigebrochen!

Moby Dick schwimmt weg

Moby Dick ließ vom Boot ab und zog sich in die schäumenden Wogen zurück. Während er schnell um die Schiffbrüchigen und die Reste des zertrümmerten Bootes herumschwamm, hob er ab und zu die riesige, faltenzerfurchte Stirn aus dem Wasser. Sie mochte mehr als sechs Meter hoch sein.

Ahabs Kopf trieb im aufgepeitschten Wasser; die Seeleute klammerten sich an das abgebrochene Heck.

Die Männer in den anderen Booten hatten nicht den Mut, sich dem rachgierigen, riesigen Ungeheuer zu nähern.

Aber die »Pequod« war in der Nähe, und Ahab schrie:

»Fahrt auf den Wal los!«

Starbuck gehorchte und kam mit dem Bug vorwärts, um Moby Dick zu vertreiben. Es gelang ihm, und während der weiße Wal sich entfernte, beeil-

ten wir uns, an den Rudern ächzend, Ahab und seine Crew zu retten.

Kaum war der alte Kapitän im Boot, brach er zusammen. Doch gleich fand er wieder die Kraft, zu fragen:

»Habt ihr die Harpune geborgen? Gebt sie mir!«

Ohne ein Wort begannen wir wieder zu rudern. Aber der weiße Wal schwamm weg und war bald nur noch ein ferner Punkt auf dem Meer.

Die Verfolgung

Ahab blieb eine Weile aufrecht im Bug sitzen, die Harpune neben sich. Doch endlich ließ er uns zur »Pequod« zurückrudern. An Bord befahl er, Moby Dick weiter zu verfolgen.

Die Sonne ging auf, und die Matrosen im Ausguck erforschten den Horizont. Plötzlich kam ein Schrei vom Großmast:

»Da! Vor dem Bug!«

»Ja, da bläst er, der Wal! Dem sitzt der Teufel im Nacken!« rief Stubb, und er sprach der ganzen Mannschaft aus dem Herzen.

Wir alle fühlten uns nun wie ein einziger Mensch, es war, als hätte die »Pequod« eine Seele, als wären wir alle mit Kapitän Ahab eins.

Die drei Fangboote wurden zu Wasser gelassen, und wir jagten Moby Dick . . .

Nein: In Wirklichkeit war es der weiße Wal, der beschlossen hatte, uns anzugreifen. Als die Boote ihn umringten, begann er, sich zu winden und wütend mit dem Schwanz um sich zu schlagen.

Die Boote kentern

Verzweifelt manövrierend, suchten die drei Boote, im Getöse von Wasser und Gischt den schrecklichen Hieben auszuweichen.

Dann schleuderten die Harpuniere ihre spitzen Eisen. Ahab schrie und schrie, um uns Mut zu machen.

Aber Moby Dick kümmerte sich nicht um die Harpunen, die durch die Luft sausten und sich in seinen Buckel bohrten.

So entstand ein unglaubliches Gewirr von Leinen, die bald statt des Wals die Boote gefangennahmen.

Plötzlich schlug ein Bündel von Leinen und Harpunen, die sich an den Spitzen verhakt hatten, auf Kapitän Ahabs Boot nieder.

Doch er ließ sich von der unvorhergesehenen Gefahr nicht erschüttern.

Sofort schnitt er seine Leine durch und befreite sich.

Aber die Boote von Stubb und Flask hielten, wie im Sog, gerade auf Moby Dicks Schwanz zu, stießen zusammen und zerschellten.

Männer, Ruder und Planken wirbelten durch das Wasser.

Schreie, Flüche, Hilferufe erhoben sich, während Ahabs Boot, das unbeschädigt geblieben war, in die Höhe zu fliegen schien.

Moby Dick hatte seinen großen weißen Kopf gehoben und es heftig durch die Luft geschleudert.

Das Boot stürzte wieder herab und zersplitterte. Von der »Pequod« aus hatte man die Katastrophe und die Zerstörung der Boote beobachtet und kam uns zur Hilfe. Bald wurden wir alle aufgefischt und an Bord geholt.

Verlust eines Seemanns

Ahab sah uns einen nach dem anderen an. »Ich glaube, da fehlt jemand«, sagte er düster. Wir zählten. Und es stellte sich heraus, daß Fedallah fehlte.

»Sir«, sagte Stubb zögernd, »ich glaube, ich habe ihn unter Wasser gesehen, in Ihre Leine verheddert.«

Auf diese Worte hin schien Ahab zu versteinern. Eine Weile sagte er nichts und bewegte keinen Muskel.

»In meine Leine?« murmelte er dann. »O weh! Dann war es meine Hand, die ihn getötet hat! Ich, ich hatte auf Moby Dick gezielt!«

Fedallahs Tod traf ihn schwer. Doch wenig später richtete er wieder ruhig und entschieden das Wort an uns.

»Jungens, ruht euch aus und habt keine Angst. Wißt ihr, bevor etwas untergeht, taucht es dreimal wieder auf. Moby Dick ist gestern und heute aufgetaucht – morgen muß er untergehen!«

Entsetzt sahen wir einander an, dann den Kapitän.

Als am dritten Tag wieder Moby Dick gesichtet wurde, bereiteten wir uns fieberhaft auf die Jagd vor. Die Boote wurden zu Wasser gelassen, wir begaben uns an unsere Plätze. Ahab saß regungslos im Bug, die Harpune in der Faust.

Der letzte Angriff

Ruhig und grün lag das Meer vor uns. Moby Dick war nicht mehr zu sehen. Er war untergetaucht wie gewöhnlich. Doch plötzlich hörten wir ein Rauschen, und der weiße Wal erschien zwischen den schäumenden Wogen. Wir sahen seinen ungeheuren Leib, in dem die Harpunen staken, schräg auf uns zuspringen.

Die Taue peitschten die von Wassertropfen geschwängerte Luft.

Der Wal schoß zwischen den Booten nieder, schlug mit dem Schwanz um sich und warf eine riesige Woge auf, die eiskalt auf uns hereinbrach.

»Rudert, Leute, rudert!« schrie Ahab. Dann warf er seine Harpune. Sie ritzte nicht einmal die helle Haut des Tiers.

Die Buge von Stubbs und Flasks Booten waren zertrümmert, aber das, in dem Ahab und ich saßen, war beinahe unbeschädigt.

Krampfhaft manövrierten wir, um Moby Dick entgegenzutreten, der schon zurückkam, auf unser Boot zu.

Ich sah, wie Ahab, der

bereits gezielt hatte, die Harpune sinken ließ. Dort, auf dem Buckel des Wals, lag Fedallahs Leichnam, von den verhedderten Leinen festgezurrt, mit weit geöffneten Augen, die auf Ahab gerichtet schienen.

Schiffbruch

Die Verwirrung, die den Kapitän und uns überkommen hatte, dauerte nicht lang. Moby Dick hatte sich schon wieder entfernt und Boote und Schiff hinter sich gelassen.

Ahab befahl, das Segel zu setzen und mit aller Kraft zu rudern, dem weißen Wal nach.

Stubbs und Flasks Mannschaften waren an Bord geholt worden. Alle hofften, den Wal zu erreichen.

Moby Dick, ermüdet nach drei Tagen des Kampfes, wurde langsamer.

Und Ahab, der sich an den Steuerriemen gesetzt hatte, kehrte schnell in den Bug zurück und griff nach dem Eisen. Als Moby Dick ziemlich nahe war, schleuderte er es und stieß dabei eine heftige Verwünschung aus.

Diesmal traf er das Tier schwer.

Die ganze Spitze bohrte sich in den Körper des Wals, der sich vor Schmerz krümmte und plötzlich gegen unseren Bug stieß, ohne jedoch Schaden anzurichten. Drei von uns wurden ins Wasser geschleudert. Zwei konnten wieder ins Boot klettern, der andere hielt sich mühsam am Heck über Wasser.

Moby Dick schien fliehen zu wollen. Da befahl Ahab, an der Leine zu ziehen. Doch das zu stark gespannte Seil riß.

»Du entgehst mir nicht!«

schrie Ahab und setzte hinzu: »Schneller, rudert schneller!«

Als Moby Dick uns zum Angriff herankommen spürte, machte er kehrt, um sich zu verteidigen, und zeigte seine riesige, faltige Stirn.

»Rudert!« schrie Ahab und setzte schon zum Wurf an, da wandte sich der Wal von uns ab und schwamm, schrecklich den Kiefer zusammenschlagend, auf die »Pequod« zu.

»Das Schiff! Das Schiff!« schrien wir. Und Ahab trieb uns an: »Rudert! Retten wir das Schiff!«

Verzweifelt mühten wir uns ab, aber das Boot war leck . . .

Die Matrosen auf der »Pequod« sahen Moby Dick näherkommen und erstarrten.

Der weiße Kopf schlug zu. Die Bordwand der »Pequod« hielt seinem Gewicht nicht stand.

Wir sahen das Schiff beben und die Männer stürzen. Brausend drang Wasser in das Leck ein, das der Wal geöffnet hatte.

»Mein Schiff!« schrie Ahab.

Moby Dick tauchte unter die versinkende »Pequod« und kam wieder an die Oberfläche, als wartete er auf uns. Ein letztes Mal steuerten wir auf ihn zu; und inmitten von Dampf und Gischt hörte ich ein letztes Mal Ahabs Stimme, die rasend vor Wut schrie:

»›Pequod‹, mußt du ohne mich sterben? Da bin ich, niederträchtiger Wal! Du hast mich nicht besiegt! Da! Da! So treffe ich dich!«

Er schleuderte die Harpune und traf nochmals.

Der Wal zuckte und schoß weg. Ahab ließ sofort die Leine los, aber sie verhedderte sich.

Schnell bückte sich der Kapitän, um sie zu entwirren, aber im Nu wikkelte sie sich um seinen Hals. Ich konnte ihn gerade noch fliegen sehen, aus dem Boot gerissen, in den Tod gezerrt.

Einen Augenblick lang waren wir sprachlos vor Entsetzen.

»Wo ist das Schiff?« rief dann jemand.

Wir wandten uns um. Nicht weit entfernt sahen wir, von Nebelschwaden umhüllt, die »Pequod«, die in einem großen Strudel unterging.

Alles begann sich zu drehen; jede Planke, jedes Ruder und unser Boot selbst wurde von dem Sog erfaßt und hinabgezogen, dem Schiff nach, hinunter in Moby Dicks Reich.

Laut kreischend flogen die Möwen über uns, während das Meer wie ein unendliches Leichentuch über allem zusammenschlug.

Der Überlebende

Die Tragödie ist zu Ende. Nur einer konnte sich retten: Ich bin es, Ismael. Ich trieb im Meer, unaufhaltsam dem Sog des Strudels nach.

Doch als ich in seiner Mitte ankam, hatte sich das Wasser beruhigt. Die schäumende Gischt schloß sich über dem Abgrund.

So verschlang das Meer mich nicht. Um mich über Wasser zu halten, klammerte ich mich an Quiquegs Sarg, die Lifeboje, die an die Oberfläche gestiegen war.

Den Rest des Tages und die Nacht über trieb ich so auf der See dahin. Haifische zogen vorbei, ohne nach mir zu schnappen. Am zweiten Tag sah ich ein Segel.

Es war die »Rahel«, die immer noch den Sohn des Kapitäns suchte und statt seiner nun einen anderen Schiffbrüchigen fand.

Ende

Inhalt

Im Auftrag hergestellte Sonderausgabe
Aus dem Italienischen von Lucia Eppelsheim
Originaltitel »Moby Dick«, erschienen in der Reihe »Alla scoperta dei Grandi Classici« bei Dami Editore, Mailand
Illustrationen von Libico Maraja
Bearbeitung von S. Pazienza
Copyright © 1991 by Dami Editore, Milano
Copyright © der deutschsprachigen Ausgabe 1992 by Tosa Verlag, Wien
Printed in Italy